图书在版编目（CIP）数据

梦想成真的方法 /（日）高井喜和文图；王赢译
.-- 北京：北京联合出版公司，2023.3
ISBN 978-7-5596-6554-6

Ⅰ．①梦… Ⅱ．①高… ②王… Ⅲ．①儿童故事－图
画故事－日本－现代 Ⅳ．①I313.85

中国国家版本馆CIP数据核字（2023）第010263号

YUME NO KANAE KATA by Yoshikazu Takai
Copyright © Yoshikazu Takai,2020
All rights reserved.
Original Japanese editon published by Dainippon-Tosho Publishing Co.,Ltd.

This Simplified Chinese language edition is published by arrangement with Dainippon-Tosho Publishing Co.,Ltd.,Tokyo in care of Tuttle-Mori Agency, Inc., Tokyo

Simplified Chinese edition copyright © 2023 by Beijing United Publishing Co., Ltd.
All rights reserved.
本作品中文简体字版权由北京联合出版有限责任公司所有

梦想成真的方法

[日]高井喜和 文／图
王赢 译

出 品 人：赵红仕
出版监制：刘 凯 赵鑫玮
选题策划：联合低音
责任编辑：翦 鑫
装帧设计：聯合書莊

关注联合低音

北京联合出版公司出版
（北京市西城区德外大街83号楼9层 100088）
北京联合天畅文化传播公司发行
北京华联印刷有限公司印刷 新华书店经销
字数10千字 889毫米×1194毫米 1/16 2.5印张
2023年3月第1版 2023年3月第1次印刷
ISBN 978-7-5596-6554-6
定价：42.00元

版权所有，侵权必究
未经许可，不得以任何方式复制或抄袭本书部分或全部内容
本书若有质量问题，请与本公司图书销售中心联系调换。电话：（010）64258472-800

梦想成真的方法

[日]高井喜和 文/图 王赢 译

我是高井喜和。
你长大以后想成为什么样的人呢?

北京联合出版公司 · 朗音

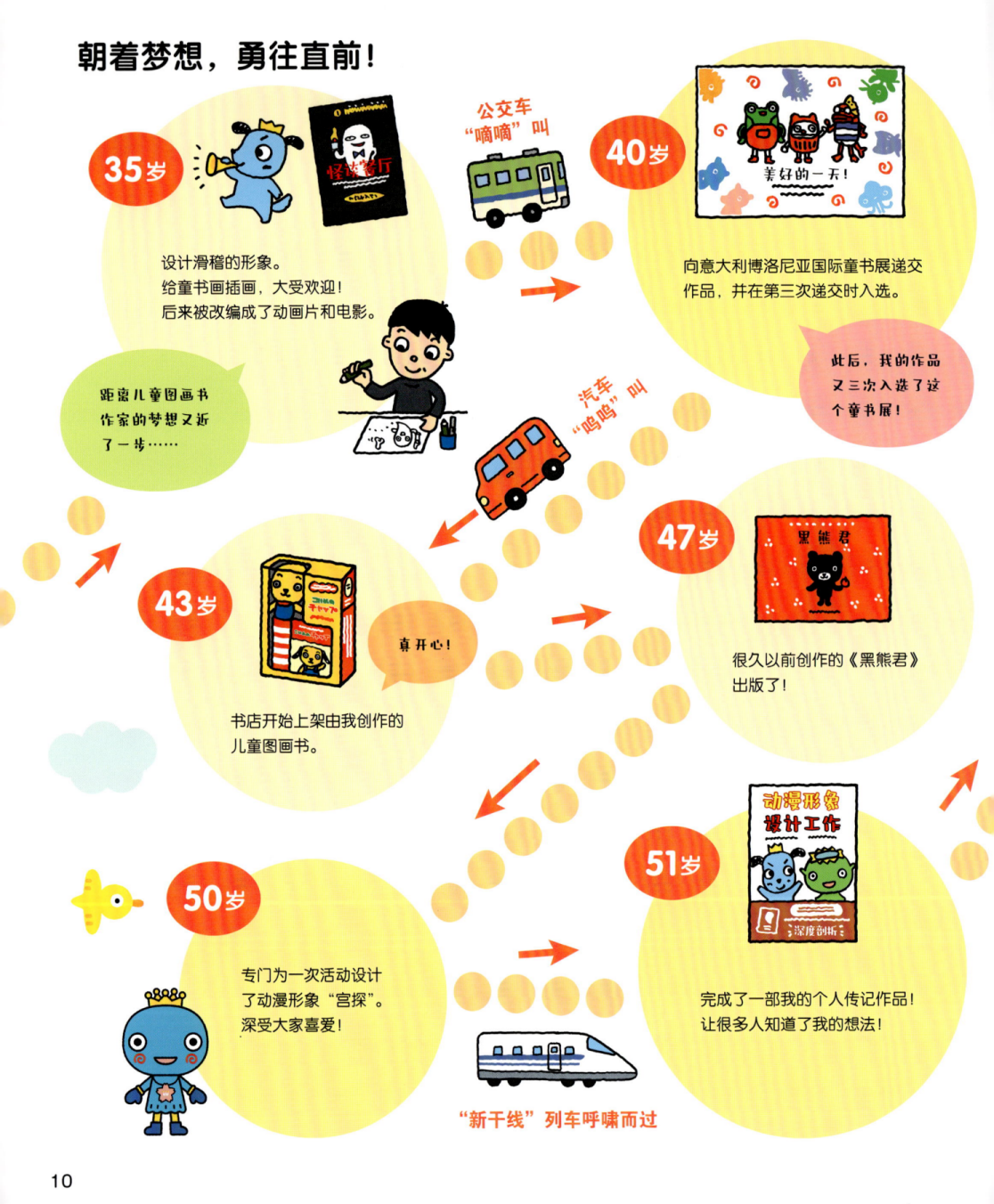

但是，你可能会说"我还是不知道自己应该做什么呀……"！
翻开这一页，试着找一下吧！

那就来看看各种各样的工作吧！

怎么样？有你感兴趣的工作吗？
社会上还有更多不同的工作，或许你可以去找一找其他工作。

这也是在思考"自己想要做什么样的工作"。

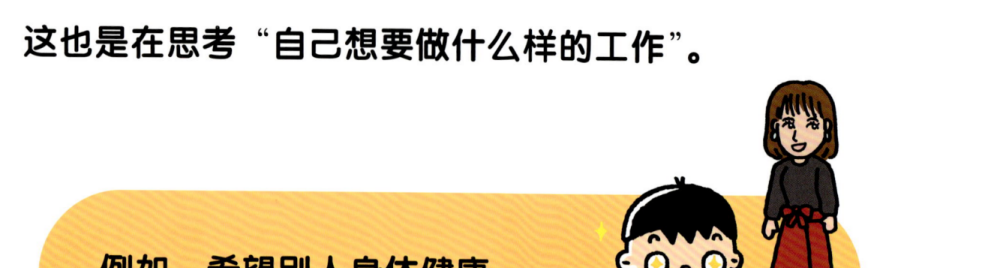

例如，希望别人身体健康。

鼓励有困难的人，给予他们勇气、希望和梦想。

保护和帮助别人。

保护大家的安全，治疗伤痛和疾病。

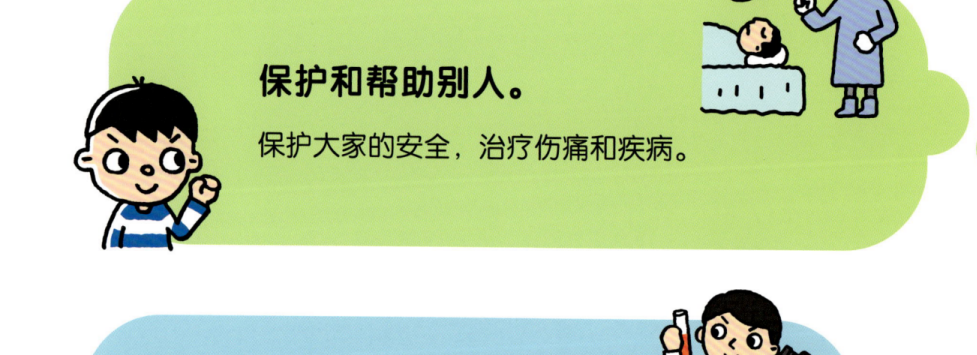

还有，成为对社会有用的人。

为了让大家安心地生活，保护大家的生活环境。

如果能把兴趣爱好变成自己的工作，那就再好不过了。
但是，变不成也没关系。
为了实现梦想，一定要坚持努力。
将来，你一定会成为有用的人！

最后，说到工作，钱虽然很重要，
但是，给别人带来欢乐，同时也让自己感受到快乐，
才是最重要的。
这就是工作的"价值"。

你的梦想是什么？你想成为什么样的人呢？
最重要的是，千万不要放弃梦想！
那么，去实现梦想吧！

给读者的话

这个系列目前已经出版了两本，分别是《交朋友的方法》《找到兴趣爱好的方法》。《梦想成真的方法》将是这个系列的第三本书，可以说，这本书汇集了我所有的创作精髓。

这个系列的内容源自我大学四年级时的一个灵感，当时我才二十一岁，已经下定决心将来做一名儿童图画书作家。

在完成这三本书的创作之后，我开始有了更多的思考，想要跟孩子们分享。

现在孩子们所处的环境和我小时候完全不同了。

虽然成长环境变了，但孩子们的天性并没有多大改变，应该就是这样吧！

我想以通俗易懂的口吻，向孩子们传达人性的本质。今后还想创作更多这类作品，涵盖"换位思考""什么是自我肯定感""干劲十足的开关在哪里"等主题。

我想把这类主题的图书，一本一本地创作出来。

今后还请多多关照！

高井喜和

1961年3月5日出生于日本大阪府堺市，毕业于大阪艺术大学设计专业，现担任京田创意（Kyoda Creation）株式会社的社长。其作品在2001年、2003年、2006年和2011年均入选了博洛尼亚国际童书展。此外，他还从事动漫角色设计工作。他将招财猫与不倒翁融为一体，创作出了世界上最喜庆的动漫形象"NEKODARUMAN WORLD"。其他作品有《怪谈餐厅》系列、《黑熊故事》系列、《寻找神秘生物UMA》、个人传记随笔集《动漫形象设计工作》，以及儿童图画书《交朋友的方法》等。他的创作宗旨是让看到作品的人充满活力。